AF313387

ARMAND BASCHET

LES ORIGINES

DE WERTHER

D'APRÈS DES DOCUMENTS AUTHENTIQUES

PARIS

LIBRAIRIE D'AMYOT, RUE DE LA PAIX, 8

1855

LES ORIGINES

DE WERTHER

PARIS. — TYPOGRAPHIE DE Mme Ve DONDEY-DUPRÉ,
rue Saint-Louis, 46, au Marais.

ARMAND BASCHET

LES ORIGINES

DE WERTHER

D'APRÈS DES DOCUMENTS AUTHENTIQUES

PARIS

LIBRAIRIE D'AMYOT, RUE DE LA PAIX, 8

1855

AU LECTEUR

Dans ces pages, Gœthe a vingt ans : c'est la première fois, en France, que nous sommes à même de le voir dans une période aussi charmante de sa vie. Il n'est point encore le *grand* Gœthe !

Nous devons cet *horizon* nouveau à la publication récente, en Allemagne, de certaines lettres de l'auteur du *Werther*, par le petit-fils de *Charlotte* et d'*Albert* (1).

ARMAND BASCHET.

Paris, ce 10 février 1855.

(1) *Gœthe und Werther. Briefe Gœthe's meistens aus seiner Jugendzeit, mit erlauterden Documenten. Herausgegeben von A. Kestner.* — Gœthe et Werther, lettres de Gœthe, pour la plupart de sa jeunesse, et autres documents inédits publiés par Kestner. — Stuttgard et Tubingue, chez Cotta, 1854.

M. Kestner, ministre de la cour de Hanovre auprès de la cour de Rome, est le petit-fils de mademoiselle Charlotte Buff et de M. Kestner, ami de jeunesse du grand Gœthe. M. Kestner fils a trouvé intacte cette correspondance dans les papiers de son grand-père ; l'heureuse idée lui est venue de la publier, accompagnée d'une introduction de quelques pages qui éclaire agréablement le tendre épisode de la jeunesse de Gœthe et la création du *Werther*. — M. Kestner, l'aïeul, était devenu conseiller aulique. Il est mort en 1800.

INDICATION DES CHAPITRES.

LES ORIGINES

DE WERTHER

Mademoiselle Charlotte Buff. — Wolfgang Gœthe. — Jean Christian
Kestner. — Jérusalem de Brunswick.

I

Wetzlar est une petite ville des États prussiens, dans
le duché de Solms, bien située, bien environnée de
collines et de prairies; c'est la perle de la charmante
vallée de la Lahn. Peu de voyageurs la connaissent aujourd'hui; mais, vers la fin du dix-huitième siècle, elle
était de quelque renom parmi les diplomates, en ce sens
qu'étant le siége de la haute cour germanique, chaque
prince de l'Empire y envoyait des ambassadeurs de plus
ou moins haute qualité.

En 1772, un jeune homme de vingt-trois ans, docteur en droit, fort bien lettré, fils d'un riche bourgeois, d'une figure aristocratique, distingué en toutes façons, y arriva, par le coche de Francfort, un matin de printemps.

Il se nommait Wolfgang Gœthe.

Ce n'était point comme touriste que ce M. Gœthe venait à Wetzlar, non ; mais il y venait, la tête remplie d'idées de travail et ardente aux choses de la littérature ; son esprit était des mieux préparés à toutes sciences : il loua une chambre et il s'installa. Sa venue à Wetzlar ne fut pas celle d'un inconnu, la petite gazette du lieu en fit un *fait divers*, et ceux qui chaque jour prenaient des notes la signalèrent sur leur calepin. Voici, pour preuve, quelques lignes bien nettes : « Au printemps de 1772, est arrivé ici *un certain* Gœthe, de Francfort, de son métier (*handthierung*) docteur en droit, âgé de vingt-trois ans, l'unique fils d'un très-riche père. D'après l'intention paternelle, il vient ici pour compléter ses études, mais, d'après la sienne, pour étudier Homère, Pindare et autres choses que son esprit, sa manière de penser et son cœur lui indiqueront..... On l'a annoncé comme un collaborateur de la *Gazette savante* de Francfort, et, dans le public, comme un philosophe ; les beaux esprits le recherchent ; comme je n'en suis pas, etc., etc. »

Le modeste et véridique personnage qui signa ces lignes était du même âge que M. Gœthe. Il s'appelait

Kestner, et était alors secrétaire de l'ambassadeur de
Hanovre à Wetzlar. Il ne se trompait guère en ne se
donnant pas pour un bel esprit, mais nous pouvons et
nous devons dire de lui qu'il était un honnête homme
dans toute la force du mot, qu'il avait le cœur des plus
droits, que son bon sens était aussi grand que son imagination était petite, qu'il apportait au zèle, au dévoue-
ment, à l'amitié, à l'accomplissement de ses devoirs, la
sincérité d'une âme loyale et simple. Sous la plume
analytique de l'auteur de la *Comédie humaine*, il eût
été une héroïque et honnête *fleur des pois* de la vie
privée.

Le jeune M. Gœthe passait, à Wetzlar, des heures enchantées par l'étude. Aimant les fleurs, les prairies, le
silence des campagnes, il sortait souvent de la petite
ville et gagnait les bois voisins avec quelque livre ou
quelque ami : « Je me trouve très-bien ici, dit Werther
au commencement de son journal; la solitude de ces
célestes campagnes est un baume pour mon cœur, dont
les frissons s'apaisent à la douce chaleur de cette saison
où tout renaît. Chaque arbre, chaque haie est un bouquet de fleurs ; on voudrait se voir changé en papillon
pour nager dans cette mer de parfums et y puiser sa
nourriture. » C'est une première allusion aux campagnes
de Wetzlar, c'est un ressouvenir fortuné des heures de
rêveries passées « couché sur la terre, dans les hautes
herbes, découvrant, dans l'épaisseur du gazon, mille

petites plantes inconnues (1). » Lecteur, comprenez-
vous déjà toute la poésie délicieuse qui inspirait la jeune
tête du futur dieu des lettres allemandes? Voyez-vous
comme il la recueille avec ce charme si simple et si pur,
qui est la plus enchanteresse parure des premières pages
de *Werther?*

J'ai toujours estimé que les livres qui font époque mé-
ritent une biographie tout autant que ceux qui les écrivent. C'est, du reste, une chose curieuse de voir combien
le public lecteur aime à savoir leur *vie privée*. Rien de
ce qui concerne les livres ne paraît indifférent; on recherche l'origine de leur naissance littéraire, la source
des types dont ils sont le cadre, le lieu où le *grand
homme* les a écrits et les a rêvés, toutes choses enfin
constituant pour eux le *res angusta domi*. Lecteurs enthousiastes, lectrices enchantées, quels chemins ne fe-
riez-vous pas pour donner à vos yeux et à vos âmes le
charme de se complaire et le plaisir d'errer dans les
modestes villes ou les vieux manoirs écossais qui ont
inspiré les récits de l'hôte de Jedediah Cleisbotham, — sir
Walter Scott! Combien, parmi vous, imaginations can-
dides dans vos curiosités, n'avez pas cherché la demeure
d'*Eugénie Grandet*, à Saumur, ou le manoir du *Lys dans*

(1) Pour les quelques citations prises au livre de *Werther*, nous
nous sommes servis de la traduction éditée par la bibliothèque Char-
pentier. —Nous apprenons que M. Louis Enault vient d'en prépa-
rer une nouvelle pour la librairie Hachette.

la Vallée, dans les campagnes fleuries de la Touraine?

De toutes les œuvres de Gœthe, le roman des *Souffrances du jeune Werther* (1) est celle qui a eu la plus grande influence sur son époque. Elle a amené des tempêtes, elle a exalté, elle a fait dévier, elle a bouleversé les imaginations, elle a élevé un piédestal aux amants incompris, elle a fait de la mélancolie un bois sacré; l'Allemagne, à l'apparition de *Werther*, n'eut plus que deux voix : une voix fut pour, une voix fut contre; mais la frénésie régnait des deux parts. *Werther* remplit tous les cœurs; on en perdit la tête et la vie aussi, à tel point que je serais tenté de croire que beaucoup de jeunes hommes d'outre-Rhin se tuèrent pour la seule satisfaction d'avoir cela de commun avec le héros des désenchantements amoureux. Jamais Vénus sensible, Vénus pudique, Vénus platonique ne reçurent plus de sacrifices; le sang de l'Amour coula à flots, et le Cupidon germanique crut devoir alors remplacer son arc et ses flèches par une paire de pistolets chargés. Le suicide devint un dieu : il eut un autel dont le livre de *Werther* fut le missel. La voix de quelques rieurs eut beau s'élever! Caricature et moquerie, parodies et facéties, vous fûtes sans puissance! On voulut aimer quand même, on voulut honorer la mélancolie, on voulut rêver; on désira même quelquefois, — sans

_____

(1) La première édition parut sous ce titre.

oser se l'avouer, — que l'amour restât incompris pour avoir une raison *raisonnable* de se tuer... se tuer... se tuer comme Werther! Aberrations bien faites pour être plaisantes si elles ne montraient pas les hommes sous un côté pénible! O comédie de la raison! On avait soin que la mise en scène matérielle du suicide fût absolument la même que celle de *Werther:* vers six heures du soir, on écrivait à un ami : « *J'ai vu pour la dernière fois les champs, les forêts et le ciel* »; à son rival : « *J'ai troublé la paix de ta maison, j'ai porté la défiance entre vous; adieu, je vais y mettre fin.* » On disait à son domestique, si on en avait un, ou, dans le cas contraire, à sa femme de ménage, « d'*être prêt* ou *prête de grand matin,* » prenant pour prétexte qu'on partirait en poste ou en coche à six heures; puis, quand onze heures sonnaient, on s'approchait de la fenêtre, on disait *adieu aux étoiles,* on invoquait l'image bien-aimée de Marguerite B.... ou de Sarah D.... ou de Gretchen Z...., en face de son portrait-silhouette; on priait, par écrit, un parent de vous mettre en terre, *sous deux tilleuls* autant que possible, ou au moins dans *une campagne solitaire;* on ouvrait, comme Werther, sur son bureau, le drame sentimental de Lessing, *Emilia Galotti,* et à minuit, à l'heure fatale, au dernier coup des douze tintements, on en terminait avec *le vrai songe de la vie* par un coup de pistolet.

II

Peut-être, cet essai d'ironie m'attirera-t-il sinon la
haine, au moins la colère de quelque sentimentale blonde
de l'autre côté du Rhin; Dieu m'est cependant témoin
que je ne veux blesser aucune âme doucement inspirée,
aussi bien au-delà du Rhin qu'en deçà! Dieu m'est
témoin aussi que personne ne respecte plus que moi les
domaines du sentiment; mais j'avoue, d'autre part, que
si les pratiques de ce même sentiment deviennent des
choses de mode et de vogue, et si elles ne sont au jour
que par une raison de condescendance pour ces déesses,
je n'hésite pas alors à rire, sinon beaucoup, au moins un
peu. — Se tuer comme Werther fut à la mode, comme
il fut de mode de penser et de s'habiller à la façon de
Corinne sous le règne de Mme de Staël, comme il fut de
mode d'être une *femme de trente ans* sous le règne de
M. de Balzac! Que de choses, surtout en France, se
mettent à la mode! J'entendais dernièrement une ra-
vissante étrangère qui est presque une Française, mais
qui est tout à fait une adorable mondaine, répondre à

quelqu'un qui lui demandait de ses nouvelles : « Mon Dieu, j'ai la maladie à la mode, je suis grippée : il faut bien l'être, car cet hiver on n'est point du monde, si on n'a pas la grippe au moins une fois ! » Tout notre monde est là-dedans. Cette réponse était dite avec ce ton charmant d'insouciance que l'on apporte des bords de la Vistule. Eh bien, ô libre folie humaine, plus folle que celles que l'on met sous les verroux, n'est-il donc pas permis de rire un peu de tes libertés ! Quelle leçon charmante elle vous donne, philosophes et scoliastes, cette étrangère, belle comme les fleurs les plus belles, en vous disant qu'elle a la grippe parce qu'il faut l'avoir, parce qu'elle ne veut pas perdre un seul fleuron de sa gracieuse couronne de mondaine (1)ⁱ

(1) Nous avons les meilleures raisons du monde pour ajouter ces quelques lignes à notre travail. Peu de jours, en effet, après la première publication, un lecteur anonyme, très-philosophe assurément, nous fit part de réflexions très-pieuses et très-touchantes à l'endroit de notre ironie. Voulant rendre à l'envoi mystérieux de notre correspondant l'hommage d'une réponse, nous avons cru devoir l'insérer ici.

« Werther *a exalté, a fait dévier, a bouleversé les imaginations, Werther a amené des tempêtes, etc.* —Cette appréciation, justifiée par bien des événements, devait éclairer la critique et donner au style d'autres nuances. L'idée générale qui domine dans l'esprit du lecteur en parcourant un livre est un flambeau qu'il ne doit jamais laisser s'éteindre pour guider son jugement. Werther a fait beaucoup de mal : voilà l'arrêt que vous prononcez, et toutes les âmes honnêtes le prononceront avec vous. Cette conviction vous inspire un profond sentiment de tristesse; le cœur attristé ne se laisse point dis-

De tout ce tumulte, en effet, de tout ce temps de dépits heureux pour les fabricants d'armes à feu, rien, sans

traire par le naturel des descriptions, le charme des portraits, la grâce des rêveries dont toutes les pages peuvent être émaillées, car il ne peut oublier que ces lieux communs littéraires ont fait couler des larmes de sang, et alors, écrivant sous sa dictée, vous ne seriez pas aussi douloureusement ironique, votre talent d'expression ne saurait se permettre aucun badinage ni aucune légèreté dans un sujet envisagé à un point de vue si sérieux, et vous seriez sûr d'avoir mis le bien à côté du mal. »

Madame ou monsieur, — car à vrai dire votre anonyme nous met dans le plus étrange embarras, bien que je reconnaisse à la hauteur de votre pensée et à la dignité de votre langage que je n'ai point affaire à une jeune mademoiselle, — je suis beaucoup plus touché par la sympathie que vous inspire *Werther* que par les reproches si sincères que vous adressez à notre rire qui, d'ailleurs, n'est pas sceptique, croyez-le. Ce rire ne s'adresse, en effet, qu'à l'exagération de ce temps-là. Comment voulez-vous qu'il n'y ait pas eu alors exagération, quand aujourd'hui encore, en France, dans cette nation qui passe cependant pour être la première rieuse du monde, Werther réveille des échos pareils à votre lettre !

Nous comprenons, à l'égal de votre âme, les malheurs infinis soulevés par Werther, nous expliquons cette influence, à la fin de ce travail ; mais, de grâce, voulez-vous donc que notre jeunesse ne sourie pas un peu de tant de coups de feu, quand nous prouvons, avec d'irréfutables appuis, que Werther est le seul produit d'une tendre passion individuelle. Non, pour le plus grand respect des choses de la philosophie, nous n'oublierons jamais la grande influence de *Werther* sur son temps ; nous savons que Werther a eu sur l'Allemagne une autre importance que celle de faire tuer des gens ; mais tout cela ne prouve pas que j'ai eu grand tort de sourire, en voyant le côté mesquin et décidément amusant de quelques fanatiques qui auraient cru manquer de considération pour l'âme de Werther, s'ils ne s'y étaient point exactement pris de la même manière pour la laisser s'envoler de leur corps.

doute, ou au moins peu de chose en fût advenu sans le séjour du jeune Gœthe dans la petite ville de Wetzlar. Sans elle, pas de *Charlotte S...*; sans elle, pas d'*Albert;* sans elle, pas de *Werther !...* Aussi demandez aux hôtelleries du pays, demandez à l'*Herzogliches-Haus* combien elles reçurent de blonds pèlerins rêveurs, dans les dernières années du dernier siècle. Ah! campagnes charmantes de Wetzlar, vallées, feuillages, buissons où gazouillent les mésanges, eaux douces de la rivière Lahn où frétillent les sveltes hablettes, bois touffus où pénètrent assez les rayons de l'astre d'or pour donner aux feuilles et aux branches des nuances pourprées, savez-vous de quel sang vous êtes arrosés, pensez-vous aux soupirs, aux désespoirs, aux souffrances intimes que vous auriez pu entendre s'échapper du cœur d'un nombre infini d'hommes, vous qui les avez vues se former et grandir dans le cœur de celui qui fut l'auteur de *Werther !* — A mon retour de la Wartburg à Francfort, cet automne, je pensais, en vous contemplant, à l'admirable page qui ouvre la scène de la *Bataille de la vie*, décrite avec les grâces d'une poésie si étrange par l'humoriste Dickens ! Par cette soirée de délices, que je passais ainsi par révérence

Je suis, d'ailleurs, très-touché du sentiment si noble et si droit qui vous a dicté ce reproche, que je crois sincère; mais franchement, je n'imagine pas avoir abandonné, même un instant, pendant le cours de cette simple étude, « le flambeau que, dites-vous, on ne doit jamais laisser s'éteindre pour guider son jugement. »

pour mademoiselle Charlotte et pour vous aussi, Werther,
combien j'ai reconnu que la nature, la vive nature était
au-dessus des mauvaises passions des hommes ! Sérénité
de ce beau soir, calme infini des bois, bruits assoupis
des chemins, petits toits de Wetzlar qui lanciez dans
l'air vos dernières fumées, nuées légères qui passiez
sous la voûte des cieux tendrement assombrie et où
commençait à monter le croissant que, moi pèlerin
heureux, je venais de voir, peu de jours avant, illumi-
nant les rivages de Venise; combien il semblait peu vous
importer que des hommes épris se fussent tués ou non
chez vous, près de vous, en songeant à vous et en invo-
quant ces mêmes charmes qui avaient séduit l'âme
rêveuse de *Werther !* Wetzlar est donc la source positive
du livre de *Werther :* si ce n'est point là qu'il a été
écrit, c'est là qu'il fut inspiré, c'est là qu'ont vécu les
héros de cet épisode domestique, c'est là que se sont
écoulées les heures de méditation et de passion dépein-
tes avec cette plénitude de talent achevé et de génie
naissant qui caractérisaient alors Wolfgang Gœthe. Parler de Wetzlar et de quelques personnages qui y étaient,
c'est faire un récit historique des origines et des in-
fluences de *Werther,* c'est de plus vivre avec Gœthe
lui-même, c'est lire une page de la vie allemande d'alors,
c'est entrer dans les coulisses du drame werthérien,
c'est en voir un peu le côté de comédie, c'est examiner Gœthe sous un jour assez nouveau, c'est apprendre

jusqu'à quel point il s'est peint lui-même dans le livre, et d'où lui est venue la source des autres types.

Nous sommes trop habitués à ne voir Gœthe que dans les plis solennels du marbre. Quand nous parlons de lui en France, c'est le plus souvent d'une façon olympienne ; nous nous l'imaginons sans cesse un personnage de haute taille, découpé à l'antique, ayant le calme obligé d'un ministre en habit habillé, présidant un conseil ; nous ne songeons pas que son âme n'a pas toujours été *marmoréenne*, que son cœur n'a pas toujours été un minerai de fer : et c'est pour cela qu'aujourd'hui nous voulons surtout le montrer aux heures charmantes de sa vie à Wetzlar. Là s'est passée sa vraie vie de jeunesse, de poésie, d'amitié et d'amour! Là, tout doué qu'il fut d'un esprit de savant précoce, le jeune Allemand donna à son âme la permission d'avoir vingt-trois ans. Quand Wolfgang Gœthe, jeune lecteur des chants d'Homère et des soupirs de Musœus, promeneur solitaire, ami des campagnes émaillées, amant de Charlotte, eut quitté Wetzlar, on peut dire que dès lors, ou du moins peu de mois après, il devint le magistral et impersonnel M. de Gœthe. Les amis du genre de M. Kestner sont, il est vrai, des amis terribles, sans grandes vues extérieures et sans grande adresse pour toute chose en dehors de leur profession ; ils parlent et écrivent de vous selon la vérité et l'honnêteté de leur bon cœur, leur plume vous habille tels qu'ils vous ont vu, ils vous font connaître tel qu'ils vous ont connu, et, pour être franc, je ne sais guère ce que dirait M. Gœthe de son ami Kestner, s'il pouvait lire le portrait, excellent d'ailleurs, que celui-ci a écrit dans ses notes, au temps de son amicale liaison, en 1772 :

« Il a beaucoup de talent, dit-il, c'est un véritable génie et un homme de caractère ; son imagination est très-vive, aussi s'exprime-t-il ordinairement par images et par comparaisons. Il est violent dans ses affections, mais il a beaucoup de pouvoir sur lui-même. Ses principes sont nobles et il dédaigne les préjugés. Il agit à sa fantaisie, sans s'inquiéter si cela plaît aux autres, si c'est à la mode ou non ;... toute gêne lui est odieuse ; il aime les enfants et peut s'occuper avec eux. Il y a dans sa conversation et dans son extérieur certaines choses qui pourraient le rendre désagréable, mais les enfants (1) et les femmes tiennent beaucoup à lui. Son estime est grande pour le beau sexe. Il n'est pas encore ferme *in principiis*, et il cherche un système déterminé ; il tient beaucoup à Rousseau, mais il n'est pas son adorateur

(1) On ne doit pas s'étonner de trouver dans les chapitres de *Werther* tant d'allusions heureuses à l'endroit des enfants. Gœthe en parle fréquemment et réussit avec eux de charmants tableaux : « Les bonnes gens du hameau me connaissent déjà, dit Werther, ils m'aiment beaucoup, *surtout les enfants*. » Voyez le délicieux tableau de genre qu'il écrit à la date du 26 mai, c'est d'une fraîcheur et d'une tendresse exquises ; voyez aussi comme l'inimitable Tony Johannot s'est heureusement inspiré de cette page !

aveugle. Il n'est pas ce qu'on appelle un *orthodoxe*, mais ce n'est point par orgueil ou par idée de se poser en personnage. Il n'expose qu'à certains ses opinions sur de certaines matières principales. Il n'aime pas à déranger les idées paisibles des autres, il hait le scepticisme, il recherche la vérité... Il ne va pas à l'église, non plus à la communion, et fait rarement ses prières... Il a déjà travaillé beaucoup, mais il a encore plus réfléchi et raisonné... Les belles-lettres et les arts sont le but principal de ses études : enfin c'est un homme remarquable, etc. »

Voici Gœthe en ladite année 1772, voyons-le maintenant avec la gracieuse Charlotte et le simple M. Kestner.

En parlant des habitants de Wetzlar, Gœthe fait dire à Werther : « Après tout, ce sont de bonnes gens. Quand je m'oublie quelquefois à jouir avec eux des plaisirs qui restent encore aux hommes, comme de s'amuser à causer avec cordialité autour d'une table bien servie, *d'arranger une partie de promenade en voiture, ou un petit bal sans apprêts*, tout cela produit sur moi le meilleur effet. » Ne croyez pas que la partie *de promenade en voiture* et le petit *bal sans apprêts* soient là sans raison ! Causes charmantes, qui pour charmants effets ont eu la rencontre de Charlotte, la scène de la valse, et un amour des plus nobles.

III

En ce temps-là vivait en effet, dans Wetzlar, une famille Buff des mieux renommées ; la mère était morte en laissant dix enfants luttant de fraîcheur et de beauté, à tel point que le populaire n'avait appelé madame Buff que la *mère aux beaux marmots*. Parmi eux était une fille cadette, du nom de Charlotte, supérieure à tous en qualités heureuses. Cette supériorité même était si bien reconnue par toute la chère famille et faisait si peu de jaloux, qu'à la mort de la pauvre madame Buff, Charlotte, bien qu'elle n'eût point le droit d'aînesse, fut unanimement élue pour prendre la direction du logis et le gouvernement de ses jeunes habitants. C'était une charmante jeune fille, tout à fait semblable au portrait fait par Werther dans son journal. J'ai ici sous les yeux le portrait gravé de la tête de Charlotte : elle a des cheveux admirables, sa tête est celle d'une *duchesse de Lamballe* bourgeoise. Ses yeux sont noirs, bien ouverts ; elle porte très-fièrement ses cheveux ; on remarque en elle une candeur distinguée, une grâce native et toute naturelle. Cherchez dans le journal de *Werther* la date du 16 juin, parcourez les inimitables pages qui vous mèneront jusqu'à celle du 6 juillet. Je ne veux point ici parler d'esthétique, mais il m'est bien permis de le dire, en aucune littérature on ne trouverait un pareil morceau ; ce récit est le chef-d'œuvre de Werther. Où le simple bonheur, où le poëme de l'âme naïve, où la joie pure, où la première anxiété du cœur ont-ils été mieux chantés ! Ces dix pages-là ont immortalisé Charlotte et en ont fait une des héroïnes les plus gracieuses et les plus vraies de la vie privée ! Quel ton de vérité délicieux ! — Depuis le portrait de Charlotte, Gœthe a toujours excellé dans celui de ses héroïnes. On ne peut être plus sobre et plus artiste. Charlotte, Marguerite, Claire, Lise, Dorothée, autant de figures fortunées, autant de suaves souvenirs ; elles sont femmes et anges, tous les siècles souriront à les voir ! Rien d'outré, rien d'excessif ; c'est la mesure même de la grâce ! Gœthe avait l'une des qualités les plus heureuses pour le succès d'un écrivain, il avait la science des limites précises, il savait jusqu'où doit aller une plume qui veut être un modèle.

L'épisode de la rencontre de Charlotte S*** et de Werther est absolument vraie, il ne s'agit que de mettre Gœthe au lieu du héros et Charlotte Buff au lieu de l'héroïne. De cette *partie de promenade en voiture* avec des amis date cet amour épisodique ; c'était la première fois que Gœthe voyait Charlotte, fiancée depuis longtemps à son ami Kestner, secrétaire d'ambassade, Gœthe avait fait sa connaissance peu de mois avant le *petit bal sans apprêts*, auquel, du reste, M. Kestner n'avait pu assister, sans doute en raison de quelque besogne de chancellerie non terminée. A cet égard, Kestner était un homme précieux : « Mon ambassadeur est un infatigable travailleur, écrit-il à M. de Hennings, et je ne veux lui céder en rien de ce côté-là. »

L'occasion de leur connaissance fut des plus champêtres. Un jour qu'étant dans les prés, couché sur le dos et discutant avec des philosophes ses amis, Gœthe vit venir de son côté M. Kestner, qui prenait le frais et le bon air, il lui adressa la parole, l'invita à s'asseoir près de lui, et il fut de sa compagnie pour revenir à la ville. « Plusieurs personnages, raconte Kestner, étaient debout autour de lui, dans la prairie ; c'étaient trois philosophes, l'un reconnaissant Epicure, l'autre Zénon, et le troisième étant le juste-milieu du premier et du second : Gœthe discutait leurs idées. » Kestner voyait alors pour la première fois l'homme qui devait être pour lui le plus admirable des amis, bien qu'il n'y eût entre leur esprit aucun rapport de goûts et aucune harmonie intellectuelle. Il lui reconnaît du génie, une imagination puissante, beaucoup de savoir, etc. « Mais, dit-il, cela ne me suffisait pas pour l'estimer... Vous savez que je ne hâte pas mon jugement. » Ce qui est certain, c'est que cette rencontre décida d'une bien noble amitié entre ces deux hommes, et que c'est au commencement de cette liaison que Gœthe alla au *petit bal sans apprêts*, où se trouva mademoiselle Charlotte **Buff**, fiancée à **Kestner**.

On ne commande guère à l'amour de ne pas entrer chez soi ; l'amour entra dans le cœur de Gœthe à la vue de Charlotte ! Il en fit part à son ami, mais cette confiance ne fit qu'accroître leur bien digne sympathie, et ce qui est vraiment sublime au point de vue moral, c'est de voir cette amitié à trois, — Charlotte, Kestner et Gœthe, — s'écoulant tranquille et sereine, malgré la lutte de sentiments intimes qui mettaient nécessairement de côté l'un des cœurs amis !

Cette victime, c'était Gœthe.

Pour rien au monde il n'eût voulu être un rival déclaré, il avait compris le noble rôle d'ami qui lui était dès lors réservé. L'honnête Kestner avait en Gœthe cette confiance magnanime qui honore autant celui qui la mérite que celui qui la donne. Comme il ne *hâtait jamais son jugement*, il avait su connaître Gœthe, il avait su comprendre la noblesse et la générosité de son âme, d'autant mieux qu'il la connaissait passionnée, portée à des sentiments d'autant plus vifs qu'ils dépendaient de son imagination très-vive elle-même, comme il le répète à tout instant. Gœthe, en effet, apprenait alors les premières souffrances du cœur ; chaque jour il passait avec Charlotte et Kestner, son fiancé, des heures d'échange amical, et plus il vivait ainsi, plus l'amour grandissait et en même temps l'abnégation la plus généreuse.

A bien examiner les choses, on peut reconnaître que
Charlotte Buff était une adorable petite bourgeoise qui
convenait beaucoup mieux à M. Kestner, et qui le com-
prenait peut-être mieux que Gœthe. L'honnête Kestner
aimait Charlotte de cet amour qui n'est point celui d'un
jour, par cela même qu'il est réfléchi et fondé sur des
bases mesurées. Non, cet amour-là ne passe point *velut
umbra et sicut nubes :* s'il n'a pas cette initiative passionnée et tumultueuse dont fait preuve l'amour exalté,
il a du moins dans tous ses effets une durée vénérable ;
c'est cet amour-là qui devait convenir à mademoiselle
Charlotte. M. Kestner, lui, ne trouvait pas de meilleure
preuve d'amour à donner à sa fiancée qu'une fidélité
scrupuleuse à l'accomplissement de tous ses devoirs de
secrétaire. « Je m'établis de mieux en mieux dans son
cœur, dit-il, et d'autant plus que je fais mon possible
pour ne pas négliger mon devoir. » Penser à Charlotte,
loin de le distraire, ne le rend que plus intrépide à la
besogne ; le sentiment du devoir accompli trouve pour
lui sa récompense dans l'idée qu'il est le fiancé de *Lolotte*,
qu'il habitera un petit coin de terre joyeusement fleuri,
tout à fait à l'allemande ; qu'il pourra écrire au-dessus
de sa porte la devise d'*Aurea mediocritas*, aux ombres
de sa treille verdoyante, près de ses rosiers en espaliers.
Voilà le brave Kestner, le voilà cet *Albert* du roman, et
j'ai la persuasion que la chère Lotte était pour le ciel de
son âme une étoile convenable en tout point. Ce qui

n'empêchait pas Gœthe de pouvoir dire de lui-même :
« Vainement je tends mes bras vers elle, le matin, lorsque
je m'éveille d'un pénible rêve... Quand je vois seulement
ses yeux noirs, je suis content... Comme je me retirais
hier, elle me tendit la main et me dit : « Adieu, cher
Werther! » *Cher Werther!* c'est la première fois qu'elle
m'ait donné le nom de *cher*, et la joie que je ressentis a
pénétré jusqu'à la moelle de mes os. Je me le répétai cent
fois, et le soir, lorsque je voulus me mettre au lit, en ba-
billant avec moi-même de toutes sortes de choses, je me
dis tout à coup : *Bonne nuit, cher Werther!* Et je ne
pus ensuite m'empêcher de rire de moi-même. »

IV

Ainsi se passaient les journées de Gœthe, en rêves, en
mélancolies, en souffrances intimes et sincères. Plus il
voyait Charlotte, plus il souffrait, et plus il la voulait
voir. Un soir, et c'est ici que le livre de Werther est encore pour Gœthe une autobiographie, un soir, tout ce
poëme d'amour eut un dénouement, dû à l'ardente sen-
sibilité de son cœur. La soirée était radieuse, — une
soirée de septembre; — les trois amis, assis sur un banc

du jardin de Charlotte, causaient suivant l'habitude ;
Gœthe était plus triste, il parlait peu... Un moment vint
où la conversation tomba sur la destinée des âmes après
la mort, Gœthe devint plus triste encore ; Charlotte, en
souriant, proposa un pacte aux amis : « Le premier *parti*
pour ce grand voyage donnera, dit-elle, de ses nouvelles
aux autres... » Gœthe conclut le pacte en lui tendant la
main, Charlotte lui tendit la sienne, il la baisa, et serra
la main de Kestner. — Le reste de la soirée se passa
dans le silence ; les deux amis comprenaient les sensa-
tions du troisième... Ils se séparèrent à l'heure ordinaire,
n'ayant pour témoins, dans ce jardin embaumé, que les
étoiles brillantes et l'astre aux teintes d'argent.

Toute cette scène, parfaitement vraie, est d'une poésie
exquise. J'ai vu ce petit jardin ! Ah ! Charlotte, je crois
qu'en ce moment mon âme se mit aussi, comme celle de
Werther, à faire des siennes !

Ce fut la dernière soirée de Gœthe à Wetzlar ! Cette
conversation des âmes, après la mort du premier des
trois qui *partirait*, avait comblé cette âme aimante. Après
le dernier baiser, il avait gagné sa chambre, il avait fait
ses malles pour Francfort, et il avait écrit sur le premier
papier venu ces mots à Kestner, qui les reçut le lendemain matin :

« 10 septembre 1772.

» *Il* est *parti !* mon cher Kestner ! Quand vous aurez lu
ce pli, *il* sera *parti !* Remettez le billet ci-joint à Charlotte.

J'ai eu beaucoup de courage et de fermeté, mais votre conversation m'a brisé. En ce moment, je ne puis vous dire
que... adieu! Si j'étais resté chez vous quelques instants de
plus, je ne me serais pas retenu. Maintenant je suis seul,
et demain je m'en irai. Ah! ma pauvre tête! »

Billet renfermé dans le précédent : *Gœthe à Lotte.*

« J'espère revenir, mais c'est Dieu qui sait *quand,* Lotte!
quels ont été mes sentiments pendant que *tu* as parlé! Je
savais que c'était la dernière fois que je vous voyais. Peut-
être, non, n'est-ce pas la dernière fois? Cependant, je m'en
irai demain. — *Il est parti!* Quel démon vous a entraîné à
cette conversation?... Il s'est agi pour moi de cette terre, de
votre main que j'ai baisée pour la dernière fois... Me voici
encore dans la chambre où je ne retournerai plus... Maintenant, je suis seul, et il m'est permis de pleurer; je vous
laisse heureux, je ne veux pas sortir *de vos cœurs*... Dites à
mes garçons : *Il est parti!*... Je ne veux pas continuer...

» GOETHE. »

Deuxième billet à Charlotte, renfermé dans le précédent.

« 11 septembre 1772, au matin.

» Mon paquet est fait, Lotte, et le jour pointe; encore un
quart d'heure et je serai parti. Les images que j'ai oubliées,
et que vous distribuerez aux enfants, doivent m'excuser si
j'écris, quand je n'ai rien à écrire...

» Toujours bon courage, ma chère Lotte; vous êtes plus
heureuse que cent autres. Surtout, Lotte, pas d'indifférence!

Combien j'ai de bonheur à lire dans vos yeux la persuasion où vous êtes que je ne changerai jamais!

» Adieu, mille adieux.

» GOETHE (1). »

Le lendemain de ce coup d'état de l'amour, Gœthe était à Francfort, dans la maison de ses aïeux, grands et riches bourgeois de la ville; il y reçut des lettres de Kestner, le **23** septembre, lettres amicales, dévouées, mais bien *réelles*. Le bon Kestner, toujours très-franc, s'imagina de lui dire, entre autres choses, que *Lotte n'avait pas rêvé de lui!*... A quoi Gœthe répondit, le vendredi **25** septembre :

« Lotte n'a pas rêvé de moi! je lui en veux pour cela, et je veux que cette nuit elle y rêve et qu'elle ne vous le dise pas. Ce passage de votre lettre m'a fâché, quand je l'ai relu. N'avoir pas même rêvé de moi! honneur que nous rendons aux plus indifférentes choses qui nous environnent pendant le jour. Et j'ai été corps et âme pour elle, et j'ai rêvé à elle jour et nuit!

» Dieu m'en est témoin! je suis fou quand je me crois le plus sensé! Oui, c'est un démon que le génie qui m'a voituré à Wolpertshausen (2)!... Mais quoi! c'est cependant un divin génie..., je ne voudrais pas avoir passé mieux mes jours à Wetzlar, et les dieux ne m'en donneront pas de plus

(1) Correspondance de Gœthe et de Kestner. p. 45, 46 et 47. avec le *fac-simile* du premier billet à Charlotte.

(2) Nom du lieu où Gœthe fit connaissance de Charlotte, à l'occasion du *petit bal sans apprêts* et de la *partie de promenade en voiture.*

fortunés. Ils savent punir... Souvenons-nous de Tantalus!
— Bonne nuit; — je viens de le dire au portrait de Lotte.

» GŒTHE. »

Il est décidément impossible d'être plus naturellement amoureux que le Gœthe d'alors; il est aussi impossible de l'exprimer avec moins de recherche. Les premiers jours de son retour à Francfort, il les compare à tout instant à ceux de son séjour à Wetzlar, il rapproche les heures du passé, et leur emploi, et la joie qu'il y trouvait. A la suite de cette lettre, le lendemain samedi, après le dîner, il monte dans sa chambre, prend la plume et écrit à Kestner :

« Ce soir, après le dîner.

« C'était autrefois le temps où j'allais la voir, c'était la *petite* heure où je la trouvais, et maintenant j'ai tout mon temps pour écrire! Si vous pouviez voir combien je suis appliqué. Quitter d'un seul coup tout cela..., tout cela où fut ma béatitude pendant quatre mois!

» Je ne crains pas que vous m'oubliiez, cependant je songe à vous revoir. Que cela marche ici tel quel, je ne veux revoir Lotte que lorsque je pourrai lui faire la *confidence* que je suis amoureux, très-sérieusement amoureux.

» Que font mes garçons chéris?... Mieux vaudrait ne pas vous écrire et faire reposer mon imagination; mais voici la *silhouette* suspendue près de moi, et c'est pis que tout. Adieu!

» GŒTHE. »

Il est évident qu'à Wetzlar, dans ses entretiens avec

Charlotte et son fiancé, Gœthe se faisait violence pour ne pas être plus expansif; malgré la confiance et la tendre et noble quiétude de Kestner, il ne pouvait laisser à son âme le droit de dire à Charlotte tout ce qu'elle pensait, tout ce qu'elle souffrait, tout ce qu'elle aimait. L'idée de ne pas troubler la paix et la sérénité de cette vie cordiale à trois dominait constamment sa pensée et lui imposait une généreuse et sublime contrainte, qui ne pouvait que lui être de plus en plus fatale s'il fût resté plus longtemps à vivre ainsi chaque jour avec les fiancés. Il est facile de comprendre combien devait être cruelle pour la nature essentiellement expansive de Gœthe la condition abnégative qu'il s'était imposée. Il souffrait de la souffrance de ceux qui voient et contemplent à toute heure l'*ange* qu'ils désirent, mais qui savent aussi que jamais le vol de cet ange aimé ne s'abattra près d'eux. C'est le supplice de Tantale exercé à propos du plus divin et du plus vif de nos sentiments. « Souvenez-vous de Tantalus, dit-il dans une lettre. » Ces cinq lignes du journal de *Werther*, à la date du 19 juillet, expriment admirablement le délire de son âme tourmentée : « Je la verrai! dit-il, voilà mon premier mot lorsque je m'éveille et qu'avec sérénité je regarde le beau soleil levant; je la verrai! et alors je n'ai plus, pour toute la journée, aucun autre désir. Tout va là, tout s'engouffre dans cette perspective. » Qui nous dit que la richesse plantureuse de ses facultés spirituelles n'eût point perdu de son éclat, si

Gœthe fût resté plus longtemps dans un tel milieu? Qui nous dit qu'à mesure qu'il eût ardemment monté l'échelle fatigante de ses rêves, sa belle organisation intellectuelle ne se fût point affaiblie en perdant ses heures et ses jours dans les allanguissements et les mélancolies? « *Il est parti*, » écrit-il à Charlotte en parlant de lui-même. « *Il est parti*, » écrit-il à Kestner, dans son premier billet, comme nous l'avons lu. — Partir? c'était certainement ce qu'il avait de mieux à faire, et de toutes manières. Parti! c'était un bonheur, un remède salutaire, car de loin il pouvait déjà ne plus refuser à son amour les consolations de l'*expression;* il pouvait *écrire* de Francfort ce qu'il ne pouvait pas *dire* à Wetzlar! L'expansion, l'expansion franche et entière, n'est-ce donc point le premier adoucissement aux douleurs intimes? N'est-ce donc point une *grande affaire* pour la bataille et surtout la première bataille de l'amour? Et puis, éloignée, Lotte passait dès lors pour lui à l'état de sylphide charmante, elle devenait une image poétique qui, peu à peu, tendrait à gagner si bien les horizons, qu'elle disparaîtrait à peu près complétement. Et quelle différence que de ne plus l'avoir en réalité, sous les yeux, à ses côtés et aux côtés de Kestner! Et quelle consolation que celle de lui écrire selon sa fantaisie et son désir! Aussi, combien devait-il la bénir, cette plume amie et familière qu'il taillait pour écrire à Lotte, du fond de sa chambre de Francfort! Plume consolatrice, plume expansive, plume bien plus audacieuse et plus adroite que la parole, on peut bien t'appeler le premier baume des âmes blessées à ce doux et incomparable combat du premier amour.

C'est elle, cette plume, qui traça les premières lettres que nous avons offertes au lecteur; elle en tracera plus d'une encore, et, entre autres, une des plus charmantes, dont nous donnerons un extrait ; elle signale un de ces gracieux souvenirs, légers, sans doute, mais qui, dans une situation amoureuse pareille à celle de Gœthe, prennent pour le héros l'importance d'un haut événement. Le jour de la partie de promenade en voiture, grand fait de cet épisode, l'héroïne, mademoiselle Charlotte, était agréablement vêtue « *d'une simple robe blanche avec des nœuds couleur de rose pâle, aux bras et au sein...* » Cette pudique et gracieuse toilette avait ravi les yeux de Gœthe, et il en avait souvent parlé ! Lotte s'en souvint à propos : après le départ de *l'ami*, un jour qu'elle remuait ses *chiffons*, elle mit la main sur les rubans rose pâle du *petit bal sans apprêts*. Vite, elle songea qu'ils avaient fait la joie du *rêveur* de Francfort, et vite elle les lui adressa dans une lettre de Kestner. L'envoi de ces *riens roses* fut une fête, une heure de soleil propice, une heure d'azur divin au milieu de ses orages intimes, et il répondit par ces mots fortunés :

« *Dank irhem guten geift Goldne Lotte,* etc. Merci à

votre bon génie, Lotte d'or, qui vous a poussée à me faire
un plaisir imprévu; lors même qu'il serait aussi noir que
mon sort, merci à lui! Aujourd'hui, avant de me rendre au
dîner, j'ai salué de tout cœur votre portrait, et, en dînant,
je m'étonnai de cette lettre singulière; je la décachetai et
je la remis dans ma poche. O ma chère Lotte! que tout cela
a changé depuis que je ne vous ai vue pour la première fois!
Ce ruban a bien encore cette même nuance fleurie, mais il
me semble plus fané que dans la voiture... Merci à votre
cœur, Lotte, puisqu'il peut me faire encore un tel cadeau...
Ah! Lotte, que le ciel vous donne pour cela les plus beaux
de ses fruits!...

» GOETHE.

> 9 octobre 1772. >

Les choses vont ainsi, par lettres fréquentes adressées
à Kestner et très-rarement à Charlotte; mais peu à peu
on voit que ses rêves sont dans une mesure moindre et
on remarque plus de liberté dans son esprit. Un mois
après cette dernière expansion, le 14 novembre, il se
hasarde à dire à Kestner qu'il lui a écrit « une lettre édi-
fiante pour occuper son âme qui voulait s'emporter. »
Il paraît qu'il en est déjà à la période *raisonnable* des
accès; il raconte « qu'il va se rendre à Hombourg, qu'il
recommence à aimer la vie; il se rend à Manheim, à
Darmstadt, etc.; » il assiste au mariage de sa sœur... Il
se met enfin un peu plus en mouvement. On voit que
ses *écritures* ont un peu calmé sa période d'ébullition.

Avant de chercher la fin de ce noble amour, faisons

remarquer combien le très-jeune Gœthe parle en amoureux qu'il est, et se trompe d'une façon bien complète,
lorsqu'il affirme à la chère Lotte, dans une des précé-
dentes lettres, qu'*il ne changera jamais*, qu'il veut la
revoir avant un mois, etc. Lui, Gœthe, ne jamais chan-
ger! Laissez venir seulement l'époque peu lointaine de
l'apparition de *Werther*, laissez passer un printemps sur
les premières lettres écrites à la fin d'automne, et vous
verrez dans quel enthousiasme différent se drapera notre
amoureux devenu auteur en vogue. Lui, revoir Charlotte avant un mois! Mais M. Gœthe comptait donc
alors sans les petits décrets, souvent bien ironiques, ré-
servés par cette chose impalpable que les uns appellent
Providence et les autres hasard? Oui, il la revit, cette
douce et chère Lotte; mais quand? C'est ici la question,
et cette question est souvent cruelle lorsque le temps se
charge de la résoudre... le temps! qu'un publiciste a
défini « le grand ministre de Dieu au département du
monde. » Nous répondrons pour lui quand le moment
sera venu.

V

Quatre ou cinq mois après l'envoi de l'une des dernières lettres citées ici, le mariage de Charlotte et de

Kestner fut une chose arrêtée ; on conçoit que cette grande décision était assez importante pour féconder et entretenir la correspondance de Gœthe. Elle nous indique qu'il prend assez bien son parti ; elle nous donne aussi une preuve de plus de sa belle abnégation : il voulut, en effet, se réserver le don des anneaux d'alliance. Touchante image ! noble marque de délicatesse généreuse ! sacrifice sentimental bien digne de sa nature si tendre alors ! Voici par quelle lettre il les adresse aux chers fiancés ; elle est d'autant plus curieuse qu'elle peint l'espèce de révolution qu'a opérée dans son âme la nouvelle de la date du mariage :

« Ne vous en prenez pas à moi si, depuis huit jours déjà, vous n'avez pas les alliances. Les voici, elles doivent vous plaire ; du moins, j'en suis content. Ce sont les deuxièmes que je fais faire ; il y a huit jours, le *gaillard* m'en a apporté deux de mauvaise façon. — Allez-vous-en, lui dis-je, et faites-en d'autres.—Je les crois bonnes. Faites qu'elles soient les premiers anneaux de la félicité qui doit vous lier à la terre comme à un paradis. Je suis tout à vous ; mais dès à présent je n'ai guère le désir de vous voir, vous pas plus que Lotte. Aussi, le jour de Pâques, jour, ce me semble, de votre mariage, ou même après-demain, je veux faire disparaître son portrait de ma chambre ; je ne l'y remettrai qu'à la nouvelle de ses couches. C'est alors qu'une nouvelle époque commencera ; alors je ne l'aimerai plus, mais j'aimerai ses enfants, peut-être cependant à cause d'elle, et si vous me prenez pour parrain, je le veux bien ; mais mon esprit devra s'attacher doublement au *garçon*... Que celui-ci devienne fou à cause de filles ressemblant à sa mère, etc... »

Le billet qui suit était joint à la lettre précédente :

« Que mon souvenir soit toujours avec vous, comme cette alliance, dans votre félicité. Ma chère Lotte, je désire que nous nous voyions dans de longues années, vous avec la bague au doigt et croyant que je suis toujours pour vous... Mais je ne trouve ni nom, ni titre pour signer.

» J'adresse ainsi :

« *A Charlotte Buff, autrefois appelée* chère Lotte, *à remettre dans la Maison-Allemande.* »

Gœthe ne décrocha point le portrait de l'*ancienne amie* le surlendemain, et il attendait le jour de Pâques pour accomplir cette haute résolution, lorsqu'il apprit, peu de jours auparavant, la *consommation* de l'hymen de Kestner avec mademoiselle Buff. Voulant donc respecter la Providence, il écrit à ce propos :

« Que Dieu vous bénisse, vous m'avez surpris ! Le vendredi saint j'aurais voulu faire un saint tombeau et y enterrer la silhouette de Lotte. Elle est encore suspendue... eh bien ! qu'elle y reste jusqu'à ma mort. Adieu, saluez de ma part votre ange et sa sœur ; que celle-ci devienne une seconde Lotte, et qu'elle soit aussi heureuse. Je marche en des déserts où il n'y a pas d'eau, mes cheveux me donnent de l'ombre, et mon sang est mon puits : et pourtant votre vaisseau entrant le premier au port, avec des drapeaux de diverses couleurs et des emblèmes de joie, me réjouit. Je ne partirai pas pour la Suisse.

» Je suis votre ami et celui de Lotte au-dessous et audessus du ciel de Dieu. »

Les jours s'écoulent, les lettres sont moins fréquentes ; plus approche l'année 1774, c'est-à-dire l'année suivante, plus on voit, plus on sent qu'une idée le domine, celle de donner vie à sa jeunesse, ou du moins à cet épisode en le racontant, en lui prêtant une forme, une raison d'être connu et su de tous ; il semble que la honte le prend d'avoir tant aimé pour si peu de résultat. Quand il songe ainsi vaguement à son héroïne, quand il ne voit encore les scènes que dans ces horizons de la pensée pareils aux crépuscules du couchant, pleins de douces et mélancoliques nuances, son âme alors plie sous le charme des souvenirs, elle prend un voluptueux plaisir à retourner vers ces temps de contemplation et d'amour, et alors Gœthe, paraissant oublier les sages déclarations qu'il a écrites à l'époque du mariage, prend la plume, écrit à Kestner, et a tout l'air d'être seulement au lendemain de son départ de Wetzlar. Entre autres jours, le 18 juin 1775, il lui adresse la lettre suivante :

« J'ai rêvé de Lotte cette nuit, et bien étrangement ; je la promenais au bras par l'allée, et tout le monde, pour la regarder, s'arrêtait ; je pourrais encore nommer quelquesuns de ceux qui se retournèrent pour nous voir ; tout à coup

elle a mis un capuchon et tout le monde en parut fort
étonné. Je l'ai priée de le rejeter, elle l'a fait; elle m'a re-
gardé... et vous savez comment se trouve quelqu'un qu'elle
regarde ! Nous marchions vite ; le monde se retournait
toujours : O Lotte ! lui dis-je, Lotte, qu'ils n'apprennent pas
que tu es la femme d'un autre. Nous arrivâmes à une place
où l'on dansait...

» C'est ainsi que je passe ma vie, dans des rêves. Je fais
de mauvais procès, j'écris des drames et des romans, et des
choses pareilles ; je dessine, et tout cela je le fais le plus vite
possible : vous, vous êtes béni comme l'homme qui craint
le Seigneur. Le monde dit que la malédiction de Caïn repose
sur moi, pourtant je n'ai pas tué un père, et le monde est
fou. Voici, mon cher Kestner, un *extrait*, tu en feras la
lecture à ta petite femme quand vous vous recueillerez en
Dieu, et que vous vous renfermerez derrière les portes...
Nota bene. Madame l'archiviste (j'espère que c'est son véritable titre) aurait-elle renoncé, par orgueil, à sa camisole
bleue rayée, ou l'aurait-elle donnée à une de ses petites
sœurs ? Il me semble l'aimer mieux qu'elle-même; au
moins est-il vrai que la camisole m'apparaît souvent quand
je ne puis détacher des brouillards de l'horizon les traits de
sa figure. »

Malgré toutes ses protestations et ses résolutions d'indifférence dès le mariage de Lotte, Gœthe ne se tint
guère parole, et pendant les deux ou trois mois qui suivirent ce mariage, son caractère variait plus qu'un baro-
mètre ; on peut cependant dire que le degré de tempéra-
ture morale le plus fixe chez lui était alors celui de
l'irritation. Il est incertain, il s'en veut, puis il revient

sur une première idée ; puis, pour une deuxième fois, il la trouve mauvaise, il s'accuse de « gâter son temps. » Le voilà un jour dans une grande colère, car il croit reconnaître, dans une lettre de Kestner, quelques indices de jalousie ; il lui répond sur un diapason terrible, puis, baissant de ton, il en vient aux enfantillages, et après un reproche amer fait à Kestner de renier son amitié depuis son mariage, il lui annonce qu'Annette, l'amie de Lotte, lui a remis le bouquet de la mariée, qu'il s'est décoré avec ce bouquet, et qu'il porte sur son chapeau ce « gage de sa perte » comme un trophée de vertu héroïque.

Le jour de Pâques-Fleuries 1773, peu de jours après leurs noces, monsieur et madame Kestner quittèrent Wetzlar pour aller habiter Hanovre ; et avec le son des cloches de cette belle fête, la plus poétique et la plus touchante des fêtes carillonnées, se termine tout le côté poétique de l'épisode des trois amis de Wetzlar.

VI

Avant de signaler l'œuvre de *Werther*, nous devons indiquer ici un incident étrange qui concourut fort à la fin terrible du drame. Wetzlar est encore le lieu de la scène, et par une raison assez naturelle, c'est Kestner qui écrit le récit à Gœthe.

Il y avait à Wetzlar, du temps de Gœthe, un jeune secrétaire de l'ambassade de Brunswick, nommé Jérusalem; il était fils d'un célèbre théologien, l'abbé Jérusalem. Son naturel mystérieux lui avait donné un certain renom auprès des habitants de la petite ville, qui d'ailleurs n'ignoraient pas que l'amour était en cela pour quelque chose. Deux mois peut-être après le départ de Gœthe, advint ce que chacun avait redouté.. un suicide. Cette mort eut dans toute l'Allemagne un grand retentissement; il faut lire les gazettes du temps pour s'en faire idée. Gœthe s'enquit aussitôt des détails les plus minutieux, et pressa Kestner de lui écrire le plus longuement possible sur cette mort fatale. Avait-il déjà l'idée de *Werther?* était-ce un simple but de curiosité? Je l'ignore. Dans tous les cas, je me fais un devoir de transcrire ici, presque dans son entier, le mémoire de Kestner; on verra pour quelle part il entre dans la seconde moitié de *Werther*.

« Jérusalem, écrit Kestner, a eu des causes de mécontentement pendant toute la durée de son séjour à Wetzlar, soit en raison de son emploi, soit que l'entrée dans le grand monde lui ait été refusée d'une manière très-désagréable (chez le comte de Bassenheim), soit enfin en raison de l'ambassadeur de Brunswick, avec lequel il a eu, dès son arri-

vée, de violentes discussions qui lui ont valu des avertisse-
ments de la cour. Il a souvent désiré quitter Wetzlar, ce
séjour lui était odieux; il en a fait part à ses connaissances.
Je l'ai su par mon domestique, qui le tenait du domestique
de Jérusalem. . . . .

. . . . Outre ces premières causes de chagrin, il
était amoureux de la femme du secrétaire H***. Or, je crois
qu'elle n'était guère disposée à de telles galanteries, et
comme son mari était des plus jaloux, cet amour a dû por-
ter le dernier coup au repos de l'amant.

» Il se tenait toujours à l'écart de la société, et ne prenait
aucune part à ses passe-temps et à ses plaisirs. Il aimait
les promenades solitaires au clair de lune; il faisait souvent
beaucoup de milles à pied, et alors il s'abandonnait à sa
tristesse et à son amour sans espoir. Chacune de ces causes
est certainement capable de produire l'effet qui en est ré-
sulté. Une fois, il s'est égaré durant une nuit, dans la forêt;
il a enfin trouvé des paysans qui lui ont montré le chemin,
et il n'est rentré chez lui qu'à deux heures.

» Il ne confiait ses peines qu'à lui-même, il n'en disait
rien à ses amis, et je suis parfaitement sûr qu'il n'a même
pas parlé à Kielmansegge de madame H***. Il lisait beaucoup
de romans, et il a reconnu lui-même qu'il n'en existait
peut-être pas un seul qu'il n'eût lu; il donnait la préférence
aux plus terribles drames; il lisait encore avec ardeur des
écrits philosophiques, il réfléchissait longtemps sur ce
genre de lectures. Il a même fait quelques articles sur la
philosophie; Kielmansegge les a lus et les a trouvés diffé-
rents d'opinions avec beaucoup d'auteurs; il y avait entre
autres un article qui donnait raison au suicide !. . . . .
. . . . . . Il lisait avec un grand zèle les œuvres de Leibnitz.

» Lorsque, dernièrement, on a répandu le faux bruit du
suicide de Goué, il l'a excusé ardemment... Quelques jours

avant celui qui lui fut fatal, lorsqu'il fut question du suicide, il a dit à Schlennitz que rien ne devait être plus
bête que de ne pas réussir quand on tentait de se brûler la
cervelle.

» Quelques jours plus tard, les demoiselles Brandt lui ont
parlé de ses lointaines promenades dans la solitude, des
malheurs qui pourraient lui arriver; qu'ainsi, pendant un
orage, quelqu'un s'était abrité près d'une muraille qui s'est
écroulée sur lui. Il a répondu : « Je ne désire rien de
mieux. » . . . .
. . . . . Mardi passé, il vient chez Kielmansegge avec un air
désolé. Celui-ci lui demande comment il se porte; il répond :
« Mieux que je ne voudrais. » Cette journée-là, il a beaucoup parlé sur l'amour, et c'était peut-être la première fois...
Dans l'après-midi, il est allé chez le secrétaire H*** ; ils ont
joué au *tarok* jusqu'à huit heures du soir. Annette Brandt
s'y est trouvée aussi; Jérusalem lui a fait la conduite.
Chemin faisant, il a souvent frappé son front avec dépit
en répétant : « Ah ! si j'étais mort ! si déjà j'étais au
ciel ! » Annette plaisanta; il souhaita alors une place près
d'elle au ciel, et en lui disant adieu, il a ajouté : « Eh
» bien ! c'est convenu, j'aurai près de vous une place dans
» le ciel. »

« Mercredi, il y eut gala dans l'hôtel du prince hérédi-
taire. Jérusalem, qui dînait ordinairement chez lui, y con-
duisit le secrétaire H*** ; son moral fut plus gai que d'habitude. Après le dîner, le secrétaire H*** le mena chez sa
femme ; ils prirent le café. Jérusalem dit à madame H*** :
« Ma chère madame la secrétaire, c'est le dernier café que
» je prends avec vous. » Elle prit la chose pour une plai-
santerie et y répondit en conséquence. L'après-midi, Jérusalem retourna seul chez H*** ; on ignore ce qui s'y est
passé : la raison du fatal événement s'y trouve peut-être.

Le soir, au crépuscule, arrive Jérusalem à Garbenheim, dans son auberge ordinaire; il demande si quelqu'un l'attend dans sa chambre. — Non. — Il y monte, il redescend, il sort par la cour à gauche, revient au bout de quelque temps et entre dans le jardin. La nuit était complète; il reste longtemps : voilà l'hôtesse qui fait là-dessus des observations; il quitte le jardin, passe rapidement et sans dire un mot devant l'hôtesse, et sort en boudant par la cour à droite.

» En attendant, ou plus tard, il s'est passé quelque histoire entre H*** et sa femme. H*** a confié à une amie qu'il a eu une scène avec sa femme à cause de Jérusalem et qu'elle a fini par demander d'interdire sa maison à ce jeune homme... précaution qu'il prit le lendemain même par un billet.

» Il se leva à deux heures dans la nuit de mercredi à jeudi, il réveilla son domestique en disant qu'il ne pouvait pas dormir, qu'il n'était pas à son aise. . . . . Le secrétaire H*** envoya jeudi matin un billet à Jérusalem. La servante refusa d'attendre une réponse et s'en alla. Jérusalem, qui se faisait alors raser, expédia à onze heures un billet à H***. Mais celui-ci ne l'accepta pas, il dit au domestique qu'il n'avait pas besoin de réponse, qu'il ne voulait pas entrer en correspondance, et que du reste lui et son maître se rencontrent tous les jours à la chancellerie. Lorsque le domestique rapporta le billet encore cacheté, Jérusalem le prit et le jeta sur une table, en disant : « C'est » encore bien. » . . . . Il m'envoya, à une heure, un billet et en adressa un autre à son ambassadeur, pour lui demander l'argent du mois. Je n'étais pas chez moi quand son domestique vint. . . . . . J'ai reçu son mot à quatre heures un quart; le voici :

« Oserais-je vous demander vos pistolets pour un voyage
» que j'ai l'intention de faire ?

» JÉRUSALEM. »

» Je n'avais aucune raison pour ne pas lui envoyer tout
de suite les pistolets, car, n'ayant jamais été lié particuliè-
rement avec lui, je ne savais rien de ses principes, pas plus
que de ce que je viens de vous raconter.

» Le domestique, averti du projet de voyage, prépare
tout pour le lendemain, il demande même le coiffeur, sans
savoir où, avec qui, et de quelle façon partira son maître.
Comme Jérusalem lui a toujours tout caché, il ne s'avise
d'aucun soupçon. L'ordre lui est donné de charger à balle
ses pistolets.

» Jérusalem a passé seul l'après-midi; il a cherché dans
ses papiers, il a écrit, il s'est promené rapidement dans sa
chambre... il est sorti plusieurs fois pour payer diverses
petites dettes.

» A sept heures est venu son maître d'italien. Celui-ci l'a
trouvé inquiet et de mauvaise humeur. Il se plaignit d'une
attaque de son hypocondrie et d'autres choses, en ajoutant
qu'il n'y avait rien de mieux pour lui sinon de s'expédier
hors de ce monde . . . .

. . . L'Italien, ayant vu les pistolets, craignit les con-
séquences et s'en alla à sept heures et demie chez Kielmansegge. Il ne parla que de Jérusalem, que de son agitation et
de sa mélancolie, mais il n'avoua pas ses craintes, pensant
qu'on rirait de lui.

» Le domestique est entré chez Jérusalem pour le dé-
chausser. Celui-ci lui a dit qu'il sortirait encore. Il s'est, en
effet, promené hors de la ville et dans les rues. Il a passé
rapidement, le chapeau profondément enfoncé, devant plusieurs personnes. On l'a vu, au bord de la rivière, dans
l'attitude de quelqu'un qui veut se jeter dans l'eau.

» Il rentra avant neuf heures et dit à son domestique de chauffer encore son poêle, parce qu'il ne se coucherait pas de si tôt. Il lui rappela de faire tous les préparatifs pour le matin six heures, et se fit apporter du vin. . . . . . .

» Il semble qu'alors Jérusalem, se trouvant seul, ait tout préparé pour son affreuse action. Il déchira toutes ses lettres et les jeta sous son bureau, où j'en ai vu les débris. Il en écrivit deux, l'une à sa famille, l'autre à H***. . . . Voici la première : « Père, mère, sœurs, beau-frère, tous chers, pardonnez à votre infortuné fils et frère. Que Dieu, Dieu vous bénisse !

» Jérusalem. »

« Il a demandé pardon dans la seconde lettre à H*** d'avoir troublé la tranquillité et le bonheur de son mariage. Dans le principe, son inclination pour sa femme a été toute vertueuse. Il espère que dans l'éternité il lui sera permis de l'embrasser. On assure que cette lettre est longue de trois feuilles et qu'il l'a finie par ces mots : « Une heure! nous nous reverrons dans une autre vie. » — Il est probable qu'il s'est brûlé la cervelle après avoir écrit ces mots. . . .

. . . .

» Il n'a bu qu'un verre de vin. Des livres et quelques manuscrits étaient épars çà et là. *Emilia Galotti* était ouvert sur un guéridon, près de la fenêtre, à côté d'un manuscrit en quart, gros d'un doigt et traitant une matière philosophique. La première partie ou la première lettre portait ce titre : *De la liberté morale.*

» Il a été enterré dans le cimetière ordinaire; un petit cortége et des gens portant des lanternes l'ont suivi. Des garçons coiffeurs l'ont porté, la croix en avant. Aucun prêtre ne l'a accompagné !

» Cet événement a produit sur tous les esprits une impres-

sion extraordinaire. Les femmes portent le plus grand inté-
rêt à son sort. Il était complaisant pour le sexe, et il se peut
que sa figure ait été trouvée aimable.

» KESTNER.

» 2 novembre, Wetzlar. »

Lorsque Gœthe apprit cette nouvelle, il ne put être à
coup sûr que du parti de Jérusalem, aussi écrivit-il à
Kestner :

« Ce malheureux Jérusalem ! La nouvelle m'a été terrible
et inattendue ; c'était affreux de la recevoir comme supplé-
ment d'un doux cadeau d'amour (1). Le malheureux ! Par
tous les diables, que sont donc les hommes qui ne se nour-
rissent que d'orgueil, qui mettent des obstacles aux bonnes
natures, exaltent et corrompent les forces ? Ce malheur est
leur faute, et que le diable, leur frère, les emporte ! . .
. . . Le pauvre garçon ! J'ai dit qu'il était amoureux,
lorsqu'au retour de la promenade je l'ai rencontré cherchant
le clair de lune. Lotte doit se rappeler que j'ai souri à ce
propos. Dieu sait si l'isolement a miné son cœur ! Il y a sept
mois que je connaissais cette figure, cependant je ne lui ai
que bien peu parlé. En partant, j'ai emporté un de ses livres.
Je veux le garder et me souvenir de lui aussi longue que
sera ma vie.

» GŒTHE. »

Gœthe disait vrai ; non-seulement il s'est souvenu de
lui, mais il a immortalisé son histoire en la mêlant à la
sienne.

---

(1) Il fait sans doute allusion à quelque ruban ou à quelque souvenir envoyé par Charlotte par le même courrier.

VII

A Francfort, dans une rue nommée *Grosse Hirsch Graben*, est une maison d'assez vieille apparence, bien entretenue d'ailleurs, mais en somme n'ayant rien de remarquable au point de vue de l'art. Beaucoup d'étrangers ne manquent cependant pas de la visiter; c'est la maison de l'ancienne famille bourgeoise des Gœthe, et il est curieux que les armes de la famille, gravées au-dessus de la porte, à l'extérieur, contiennent *trois lyres surmontées d'une étoile*. C'est là qu'est né Gœthe, là aussi qu'il a passé les deux années qui suivirent son retour de Wetzlar, pendant lesquelles il a fait paraître *Gœtz de Berlichingen* et *Werther*. On montre aux étrangers qui désirent pénétrer dans la maison une petite mansarde à trois fenêtres obliques dont l'ameublement du temps du jeune Gœthe n'a pas été conservé. C'est dans cette mansarde qu'était naturellement placé alors le portrait de la douce *Lotte*.

Au mois de juin 1773, le poëte envoie à ses amis *Gœtz de Berlichingen*, qu'il vient de terminer. Peu de jours après, dans le même mois, le **21**, il avoue pour la première fois qu'en dépit de Dieu et des hommes, il veut faire une tragédie de sa situation. « Je sais, écrit-il à Kestner dans une lettre pleine de mélancolie, ce que dira Lotte quand elle l'aura sous les yeux, et je sais ce que je lui répondrai. »

Il est évident que voilà l'idée du *Werther* germée dans l'esprit de Gœthe ; il est clair qu'il l'indique à ses amis par ces dernières lignes. Je crois très-heureux pour son succès qu'il n'ait point donné suite à la *tragédie* et qu'il l'ait convertie en roman de vie privée. Le voilà, vers la fin de novembre, avec tous ses documents réunis ; il a copié le rapport de Kestner ; il a recueilli ses moindres souvenirs ; il a dressé un inventaire des orages de son cœur... jadis à Wetzlar ; il a réuni tous les épisodes, tous les sujets du tableau ; il s'est encore bien renseigné sur Jérusalem ; il s'est *autobiographié* littéralement jusqu'au milieu du roman à peu près, et il a biographié Jérusalem jusqu'à sa dernière heure d'une manière merveilleusement vraie. Gœthe a écrit son œuvre en deux mois ; le lecteur peut ouvrir le *Werther*, et il verra avec quelle précision les moindres faits s'accordent avec les intéressantes lettres traduites ici. Il retrouvera presque textuelle la scène du ruban rose envoyé par Lotte et mille autres petits épisodes aussi frais, aussi gracieux, aussi exquis de sentiment. Qu'il compare le récit de la mort de Werther avec le rapport de Kestner, il verra quelle magnificence de couleur le poëte a su répandre

sur tant de réalité. Le livre fut sans doute terminé en
août 1774, car Gœthe écrit vers ce temps à Lotte :

« Ma chère Lotte, je me rappelle à l'instant que j'ai depuis longtemps à répondre à ta dernière lettre. C'est que tu
as été tout ce temps, peut-être plus que jamais, *in, cum et
sub* moi. (Demande à ton seigneur de te traduire cela). Je
le ferai bientôt imprimer pour toi. Je sens que la chose
réussit, chère Lotte. Ne suis-je pas heureux quand je pense
à vous ? »

Le 23 septembre 1774, l'œuvre est imprimée, mais
aucun exemplaire n'a encore paru ; Gœthe adresse celui
qu'il possède aux deux héros qui sont à Hanovre. Le
futur grand homme est sous le poids de l'incertitude du
succès, il parle en humble personnage ; nous le verrons
sous d'autres habits dans quinze jours ou un mois, au
jour de la victoire, quand il n'est question en Allemagne
que d'un livre, que d'un seul, les *Souffrances du jeune
Werther.*

« Si vous avez déjà le livre, écrit-il aux époux, vous com-
prendrez le pli ci-joint. J'ai oublié de l'y mettre, tant j'ai
de presse et d'occupation en ce moment. Le vacarme de la
foire m'étourdit, mes amis sont ici, le passé et l'avenir se
mêlent merveilleusement.

» Que deviendrai-je ! Oh ! votre position est faite à vous,
combien elle vaut mieux que la mienne ! Ne passez pas encore *le livre* à d'autres personnes, je vous prie. Aimez tou-

jours *le vivant*, et estimez *le mort*. Vous devez maintenant comprendre les passages obscurs de mes lettres anté-
rieures.

» GOETHE. »

Le billet suivant à Lotte était contenu dans le précédent.

« Lotte! en lisant ce petit livre, tu sentiras combien je
l'aime. Cet exemplaire a une valeur telle pour moi, que je le
regarde comme l'unique dans le monde. Tu devais le pos-
séder, Lotte! Je l'ai baisé cent fois, je l'ai enfermé à part,
pour que personne n'y touchât. O Lotte! ne le montre à
personne, je t'en prie, à Meyer excepté. Il ne sera publié
que pendant la foire de Leipzig. Je voudrais que chacun de
vous le lût seul, toi à part, Kestner à part; je voudrais que
chacun m'écrivît un petit mot sur ces pages. Lotte! adieu
Lotte !

» GOETHE. »

Ainsi c'est l'esprit nimbé d'azur, c'est l'âme ouverte
aux sérénités que Gœthe voit son œuvre finie, imprimée, prête à paraître. Il attend l'assaut du public. Mais
avant de savoir s'il sera vainqueur ou vaincu, il lui était
réservé d'avoir à soutenir contre Kestner le plus singu-
lier débat à propos de son livre.

Ici commence un divertissement dont Kestner fait tous
les frais.

VIII

L'honnête Kestner, en effet, se montre là dans un éclat de *méthodisme* et de *positivisme* assurément fait pour le rendre fort comique. La correspondance qu'il va établir entre lui et Gœthe, au sujet de *Werther*, est une véritable comédie à laquelle son ami l'auteur donne la réplique sur un ton d'abord très-conciliant, mais qui devient triomphal quand il voit l'accueil que lui fait l'Allemagne.

Kestner reçoit l'exemplaire dans le courant d'octobre; il le lit, et il est en somme fort mécontent de se trouver dans les chausses et sous les habits d'*Albert*. Sa timide nature le met, du reste, dans une frayeur extrême de publicité. Le voilà, lui et sa Lotte, exposés à tous les regards, en situation d'être commentés, portraiturés, critiqués. Cette pensée seule lui fait tourner la tête. Lui, Kestner, bon petit homme marié selon son bon cœur et selon la bonne âme de Charlotte, le voilà en public! Lui qui ne demandait qu'à appartenir à son foyer, à adorer ses dieux lares, à suivre l'ordre régulier de la vie dans notre planète, le voilà dans le domaine de tout le monde, dans l'esprit de tout le monde, livré aux orages de l'appréciation si ondoyante d'un chacun, d'une chacune ! Des commentateurs écriront sur sa personne, sur ses pratiques, pour savoir et dire si Gœthe n'a point trop inventé ! Ce qui est plus fort, c'est qu'il se voit en partie la cause des détails du dénouement : il reconnaît toutes les nuances, il voit le billet de Jérusalem reproduit textuellement, à propos des pistolets demandés, il sent que personne à Wetzlar ne sera sans le reconnaître, sans reconnaître Charlotte, qui elle-même est un mélange de mademoiselle Buff d'abord et de madame H*** ensuite, absolument comme Werther en est un de Gœthe et de Jérusalem. Enfin, après avoir bien réfléchi à la réponse qu'il doit faire, il se décide à écrire à Gœthe ce que voici :

« Votre Werther serait de nature à me faire grand plaisir, puisqu'il pourrait me rappeler bien des scènes et des événements intéressants ; mais, tel qu'il est, il m'a peu édifié à certains égards. Vous savez que j'aime à parler franchement.

» Vous avez prêté, j'en conviens, à chaque personnage quelques traits étrangers, ou bien vous avez mis ceux de plusieurs sur un seul ; mais si, empruntant et fondant ainsi, vous aviez tant soit peu consulté votre cœur, les personnes véritables auxquelles vous avez ravi ces traits n'auraient pas été prostituées à ce point. Vous avez voulu dessiner d'après nature pour donner de la vérité au tableau, et cependant, par l'assemblage de tant de choses contradictoires, vous avez manqué votre but. Monsieur l'auteur se révoltera contre ce jugement ; mais, en trouvant peu fidèles les portraits du peintre, je sers la réalité et la vérité elles-mêmes. Combien la vraie Charlotte serait fâchée de ressembler en beaucoup de points à la Charlotte de votre livre ! Je sais bien que ce dernier est une composition : mais madame H***, que vous y faites figurer en partie, était-elle donc capable de la conduite que vous faites tenir à votre héroïne ? Ce luxe de fiction n'était cependant pas nécessaire à votre but, pas plus qu'au naturel ni à la vérité. Sans qu'une femme, en effet, une femme supérieure se fût comportée comme votre héroïne, Jérusalem ne s'en fût pas moins brûlé la cervelle.

» La vraie Charlotte, dont toutefois vous voulez être l'ami, paraît dans votre tableau sans trop de détails, pour ne pas être reconnue ; elle paraît, dis-je..., mais non, je me refuse à le dire, cette pensée seule me fait déjà trop de mal ! Et le mari de Charlotte, vous le nommiez votre ami, et Dieu sait s'il le fut, lui aussi paraît avec elle !... Et puis la création pitoyable d'un Albert ! Je veux croire qu'elle ne doit pas être une copie, mais on lui trouve tant de ressemblance extérieure, Dieu merci, extérieure seulement avec l'original, qu'il n'est pas difficile de le deviner. Si c'est ainsi que vous vouliez le représenter, au moins auriez-vous dû en faire une bûche, afin de pouvoir vous camper fièrement devant lui et dire : Regardez quel homme je suis, moi !

» KESTNER. »

Fin septembre ou 1er octobre 1774.

Goethe répondit à Kestner et à Lotte :

« Mes amis, mes amis courroucés, il faut que je vous écrive tout de suite pour en avoir le cœur net. La chose est

faite, l'œuvre a paru ; si vous le pouvez, pardonnez-moi.
Ne me dites rien, je vous prie, ne me dites rien, jusqu'à ce
ce que le succès ait affaibli l'exagération de vos craintes,
jusqu'à ce que l'œuvre même ait fait pénétrer en vos cœurs,
d'une façon plus gracieuse, l'innocent mélange de mensonge
et de vérité. Toi, Kestner, un avocat plein d'affection, tu
as passé sous silence tout ce que j'aurais pu alléguer pour
mon excuse. . . . .
. . . . . Je me tais ; seulement, je dois vous faire entre-
voir un pressentiment joyeux : je pense, j'espère que le
destin éternel a permis ma façon d'agir, afin de resserrer
les liens qui déjà nous unissent. Oui, mes amis, moi qui
vous aime si profondément, je dois encore devenir votre
débiteur et celui de vos enfants, pour les mauvaises heures
que ma… —nommez-la comme vous voudrez — vous a fait
passer. Tenez bon, je vous en prie, tenez bon. Toi, Kestner, toi, Charlotte, restez donc tels que je vous ai entière-
ment connus. Ne vous montrez pas autrement dans toute
l'affaire, quoi qu'il en puisse résulter. — Père céleste, on dit
de toi que tu fais tourner tout au mieux ! etc…

» GŒTHE.

» Octobre 1774. »

Cependant, Kestner ne se consolait guère avec les cor-
dialités de Gœthe, et il ne se complaisait point à penser
qu'il avait pu un instant *poser en modèle*. Il continue à
réclamer ; or, un jour, Gœthe, sans doute pour l'adoucir,
lui écrivit qu'il consentait à quelques changements.
Kestner le prend au mot et note, en marge du *Werther*,

les plus grosses fautes, selon lui, et il écrit magistra-
lement :

« Je vous remercie d'avoir pensé à m'avertir du projet que
vous avez de faire des changements dans *Werther*.   .   .   .

.   .   .   . Voici les observations qui en ce moment me pas-
sent par la tête :

» 1° *Les soufflets* (1) donnés par Lotte nous ont semblé
inconvenants, à Lotte et à moi. L'histoire véritable ne jus-
tifie point cet épisode, il n'est d'ailleurs pas conforme au
caractère de la Lotte dont vous faites le portrait. Au moins
ma Lotte n'aurait-elle jamais été capable d'agir ainsi. Il est
vrai qu'elle était une fille vive et pétulante, mais elle res-
tait toujours fille, et, avec toute sa vivacité et sa gaieté,
elle gardait toujours aussi la *délicatesse* féminine.

» 2° Il nous a été aussi pénible de voir que tout de suite
elle fait entendre à Werther, dans le bal, qu'elle est déjà
fiancée, engagée. Si vous avez voulu parler de ma Lotte,
c'est une erreur, elle n'aurait jamais pu le dire, car nous
n'avons jamais été formellement promis. Nous aurions pu
encore nous séparer d'après les lois humaines.

» KESTNER. »

Nous n'avons cité cette dernière lettre que pour donner
la mesure des critiques de Kestner, qui, il faut en convenir, joue là un rôle bien amusant : nous ne sommes
pas sûrs, du reste, que Gœthe ait eu connaissance de ces

____

(1) Kestner fait ici allusion à une *paire de petites tapes* que Lotte
donna un jour aux bambins tapageurs, au dire de Gœthe.

indications, elles n'ont été trouvées qu'en *brouillon* dans les papiers de **M.** Kestner.

Quant à Gœthe, ce n'était pas ainsi qu'il regardait *Werther*, qu'il le contemplait, lorsqu'un mois après sa publication, qui eut lieu, à Leipsick, en octobre **1774**, il en vit l'immense effet, et en constata l'énorme succès. Dès lors plus de rêveries, adieu aux rubans roses, adieu au bouquet de la mariée attaché aux cordons de son chapeau! Il a la fièvre de l'auteur, il a de ces accès turbulents et enthousiastes qui dénotent que désormais c'est la gloire et non plus de tendres Charlottes qu'il veut dompter! Adieu à la charmante parenthèse ouverte à Wetzlar, la voilà close et bien close! Gœthe s'écrie déjà qu'il ne s'appartient plus, il comprend que, lorsqu'on se livre à la gloire et à ses caprices, au public et à ses désirs, il faut une âme trempée de fer. Il va jusqu'à dire à **Kestner**, qui certes dut en concevoir une effroyable peur, qu'il y aurait du danger pour sa propre vie s'il voulait arrêter la publication de *Werther!*... Nous citerons cette dernière lettre, que nous regardons comme la transition du caractère de Gœthe; c'est le passage de sa vie de jeune homme, encore incertaine, à sa vie d'auteur triomphale et olympienne.

« Oh! si je pouvais sauter à ton cou, me jeter aux pieds de Lotte, une minute, une seule minute! et tout ce que je ne pourrais te dire en des rames de papier serait expliqué. Oh! c'est la foi qui vous manque! Si vous pouviez sentir la millième partie de ce qu'est *Werther* pour des milliers de cœurs, compteriez-vous les frais que vous y avez apportés?... Suspendre *Werther*, maintenant?... mais il y aurait danger pour ma propre vie ! Le public médisant est un troupeau de porcs. *Werther* doit être, il faut qu'il soit ! Vous ne le comprenez pas, *lui*, vous n'y voyez que *moi* et *vous deux*.

» Si je suis encore vivant, Kestner, c'est à toi que je le dois, par conséquent tu n'es pas Albert, et par conséquent....

» Donne, de ma part, une brûlante poignée de main à Lotte et dis-lui : Sache que ton nom est prononcé par des milliers de saintes lèvres. . . . .

» . . . O toi, tu n'as pas senti comme l'humanité t'embrasse et te console, et comme elle trouve dans ta valeur et celle de Lotte assez de consolation contre les misères qui vous effraient dans le poëme !

» Adieu, Lotte, adieu, Kestner ; aimez-moi et *ne me torturez pas*.

» GOETHE.

» Novembre 1771. »

IX

Telle est l'histoire des *Souffrances du jeune Werther*. Cette œuvre parut d'abord sans nom d'auteur, mais toute l'Allemagne sut vite quel était ce héros écrivain qu'elle ne demandait pas mieux que de fêter et d'honorer. C'est de l'époque de cette publication que comptent la gloire et la fortune du grand Gœthe.

L'événement de *Werther* surprit l'Allemagne dans une période étrange ! L'Allemagne n'était alors qu'un long ennui. On bâillait depuis Vienne jusqu'à Berlin sur une fort grande échelle. Les guerres venaient de finir, les tambours révolutionnaires n'avaient pas encore battu aux champs dans les communes de France, où l'on s'occupait plus alors des noms de Voltaire et de Jean-Jacques que de toute autre chose. En Allemagne, un homme seul entretenait la lumière des belles-lettres et de la philosophie, c'était Lessing... mais alors il était comme ces nobles débris de pierres vieillies qu'on voit sur les sommets de la Souabe, jadis manoirs dans la splendeur, aujourd'hui ruines imposantes, mais isolées et sans appuis contre les tempêtes déchaînées sur les grands sapins des collines. Lessing avait jeté des idées, il avait répandu le bel éclat d'un esprit puissant, sa plume avait soutenu de vaillantes luttes, mais déjà le philosophe était un vieillard, il allait mourir, peut-être aussi sans appui, comme les vieux manoirs sur les hauteurs !

Il n'en fut rien... car ce fut le temps où Gœthe parut, et on peut dire que sur la terre germanique, pendant qu'aux horizons du couchant trônait le vieux Lessing, on vit à ceux du levant la belle figure du jeune Gœthe, épanouie de son drame de *Gœtz de Berlichingen* et de son roman de *Werther*. Ce dut être pour le penseur d'*Émilia Galotti*, pour celui qu'un des plus remarquables esprits franco-germains a nommé l'Arminius littéraire de son pays, un rayon de lumineux espoir que le jour où Wolfgang Gœthe offrit à l'Allemagne ses premiers écrits ! De ce jour date l'origine de la brillante pléiade de Weymar. Un des plus charmants spectacles qui aient jamais illustré l'histoire des littératures que cette pléiade admirable où trônaient Gœthe, Schiller, Herder, Wieland, et où les venaient visiter d'autres illustres tels que Jean-Paul Richter !

Werther parut donc en 1774, six ans avant la mort de Lessing, et, comme nous le disions, l'Allemagne était dans une torpeur rêveuse et ennuyée. J'en trouve précisément une image bien juste dans une lettre cordialement écrite par le bon Kestner, dans un moment charmant d'expansion. C'est en août 1770 ; il devait faire alors une grosse chaleur, lourde et étouffante, qui vous accable, qui vous indispose, qui rend l'humeur noire. Kestner, ennuyé comme son pays, écrit à M. de Hennings, son ami, homme distingué et diplomate, en le style mélancolique dont voici un modèle :

« Ma situation n'est pas tout à fait de mon goût, il s'en faut de beaucoup pour cela. La réunion actuelle des inspecteurs se distingue des autres, en ce qu'elle laisse traîner les affaires. Puis, mon ambassadeur est, de tous ses collègues, le plus grand travailleur, particularité qui influe beaucoup sur ma situation. J'ai un grand nombre d'occupations désagréables. On n'est qu'une machine qui se meut quand les autres veulent, et on s'arrête de même. La conscience d'avoir travaillé un peu me donne peu de satisfaction. Combien il est douloureux de ne pouvoir étudier à son aise, satisfaire à son amour des sciences, relever son âme; d'avoir des amis et ne pouvoir aller chez eux ou leur écrire; de sentir, de savoir apprécier les charmes du printemps, les fraîches matinées, les repos du crépuscule, et de ne pouvoir en jouir! dites-moi donc si ce n'est point là de l'amertume! Il faut avoir autour de soi tant de personnes, dont c'est un devoir de se défier!.... »

Cette lettre expansive du bon Kestner si attristé de sa glèbe bureaucratique... c'est toute l'Allemagne d'alors! Ce cri d'une vie privée, c'est celui d'une vie générale! Comme Kestner, l'Allemagne était une machine qui se mouvait au gré d'une multitude de petits puissants ; la conscience du travail qu'elle faisait ne la pouvait guère consoler et satisfaire... L'atmosphère enfin était lourde ! On était esclave moralement. Les affaires traînaient.....

Werther paraît ! Les esprits s'émeuvent! les rayons qu'il projette échauffent ! le sang circule, un homme entre tous a trouvé le mot de l'énigme : le cri de la liberté individuelle est poussé, la pensée de Gœthe est grandie, c'est un pas de fait vers des conquêtes libérales qui promettaient d'être grandes pour cette immense

Allemagne; des milliers de cœurs croient se reconnaître dans le portrait de *Werther*, on en proclame le triomphe, la poésie est réveillée!..... Et alors Gœthe, dans un moment de ce délire admirable dont Dieu n'accorde les accès qu'avec réserve, dans un moment radieux et enthousiaste, Gœthe, dis-je, est en droit d'écrire à Charlotte et à Kestner : « Si vous pouviez sentir la millième partie de ce qu'est *Werther* pour *des milliers de cœurs*, compteriez-vous les frais que vous y avez apportés ?... Vous ne le comprenez pas, *lui*, vous n'y voyez que *moi* et *vous deux...* »

La voilà marquée cette influence d'un livre ouvert à tant d'horizons pour la pensée et la méditation ; la voilà dans le réveil de populations assombries. Le temps de *Werther* est un champ vaste pour une belle étude de philosophie et de littérature! Que quelqu'un, en France, se plaise à en explorer les sentiers et les allées! Cueillez-en les fleurs, ne serait-ce que par souvenir pour Charlotte et pour l'agrément de cette petite portion de public qui est restée sentimentale. Jamais, au nom de *Werther* et de tout ce qui le touche, on ne saurait être insensible, en ce doux monde-là (1).

---

(1) Nous savons qu'à Leipsick, très-prochainement, un ouvrage fort curieux paraîtra sous ce titre : *Werther und seine Zeit.* — *Werther et son temps*, par M. J. APPELL, de Francfort.

X

Poëtes, vous avez aimé *Werther*, parce qu'il a su dire en paroles mélodieuses ce qu'étaient les félicités de la nature mariées aux contemplations de l'âme ! Femmes, vous ne l'oublierez jamais, car il est pour vous le sublime *sacrifié* qui vous grandit et ne vous laisse voir qu'avec le prestige de la grâce infinie ! Amants qui n'avez jamais franchi les prairies émaillées où règne le premier amour, vous l'avez pressé sur votre cœur exalté, en trouvant en lui un *frère*, et en *Charlotte* une image délicieuse pour laquelle vous avez épuisé le vocabulaire des tendresses intimes et des accents ensevelis dans les retraites de vos âmes émues ! *Alberts* et *Kestners* de tous les temps, vous ne le méprisez pas, heureux que vous êtes de vous y voir triomphants dans la personne du mari de Charlotte ! Vous tous donc qui avez aimé le livre et qui l'aimez encore, ne vous imaginez pas qu'en cherchant à vous offrir ici la *biographie* de vos *idéals*, j'aie cherché à mettre l'habit d'un *analyste exagéré* ou celui d'un maître sceptique ! Non : imaginez plutôt que c'est une

légende véridiquement racontée, et que ce que je vous ai
exposé dans ces feuilles vous devrez l'appeler la *Légende
de Werther*.

Je me défends hautement d'être sceptique ; si je l'étais
je n'eusse point fait le beau rêve qui charma mon esprit, le
jour où je saluai le petit pays de Wetzlar. Je n'oubliai point
alors le village de Garbenheim, à deux milles de la ville,
c'est le *Valheim* tant décrit par Gœthe et dont Werther
dit : « A une lieue de la ville est un village nommé *Valheim*, sa situation sur une colline est très-belle ; en mon-
tant le sentier qui y conduit, on embrasse toute la vallée
d'un coup d'œil..... il y a deux tilleuls dont les branches
touffues couvrent la petite place devant l'église ; des fer-
mes, des granges, des chaumières forment l'enceinte de
cette place. Il est impossible de découvrir un coin plus
paisible, plus intime... etc. » — Je n'oubliai pas plus
le pèlerinage à Valheim que le pèlerinage à *Wolpertshausen*, où *un vrai démon avait voituré Werther*. J'étais
alors sur la route où s'arrêta la voiture pour prendre
Charlotte et l'emmener au petit bal..... « Le soleil allait
bientôt se cacher derrière les collines..., » absolument
comme le jour de l'apparition de l'héroïne. Il me sembla
la voir comme dans le chef-d'œuvre du tableau... « Six
enfants de deux ans jusqu'à onze se pressaient autour
d'une jeune fille d'une taille moyenne, mais bien prise.
Elle avait une simple robe blanche, avec des nœuds couleur de rose pâle aux bras et au sein. Elle tenait un pain

bis, dont elle distribuait des morceaux à chacun en proportion de son âge et de son appétit. Elle donnait avec tant de douceur, et chacun disait merci avec tant de naïveté ! Toutes les petites mains étaient en l'air avant que le morceau fût coupé. A mesure qu'ils recevaient leur goûter, les uns s'en allaient en sautant ; les autres, plus posés, se rendaient à la porte de la cour pour voir les belles dames et la voiture qui devait emmener leur chère Charlotte. » — Arrivé à Wolpertshausen, je contemplai doucement ce petit pays de verdure où s'élèvent de temps en temps de modestes maisons de campagne noyées dans les fleurs, selon la poétique coutume d'Allemagne; je souriais, en vérité, de me voir ainsi à Wolpertshausen, amené là par le souvenir le plus poétique qui fût au monde, remerciant du fond de mon cœur ravi l'ombre de Gœthe de me procurer un plaisir d'une naïveté aussi charmante et pareillement exemplaire. Il me sembla voir toute la petite fête si doucement contée. Je les voyais descendre de la voiture, les unes avaient peur d'un orage, j'entendais les bavardages plaisants de toute la *voiturée*, je vis les *menuets qu'on dansa d'abord*. « Charlotte et son danseur commencèrent une *anglaise*, et tu sens combien je fus charmé quand elle vint à son tour figurer avec nous ! Il faut la voir danser ! Elle y est de tout son cœur, de toute son âme ; tout en elle est harmonie ; elle est si peu gênée, si libre, qu'elle semble ne sentir rien au monde, ne penser à rien qu'à la danse ;

et sans doute en ce moment, rien autre chose n'existe plus pour elle ! »

Puis on dansa l'*allemande!* En ce rêve vers le passé, comme Charlotte était jolie ! quelle grâce ! Ah ! rêve fortuné ! comme je n'en ai plus rêvé de pareils, une fois hors les pentes de la colline de *Valheim !* Oui, je l'ai vue complète, la légende de Werther, complète jusqu'à la scène de la valse. J'entendais la musique harmonieuse..... et comme dans l'image de Tony Johannot, tout aussi bien que dans l'œuvre de Gœthe..... j'aperçus, au bord de la fenêtre, les deux gracieux héros... « l'air était rafraîchi et nous apportait par bouffées les parfums qui s'exhalaient des plantes..... » Charlotte était appuyée sur son coude, elle promenait ses regards sur la campagne.

Je revins de Wolpertshausen, à la nuit tombante, je repassai par *Valheim,* les étoiles scintillaient à travers les beaux bois de la colline ; peu à peu parut en longue lame d'argent la rivière où, sur les rives touffues de mille fleurs aussi modestes que les violettes, bourdonnaient les dernières libellules. Quelques vers luisants sortaient leur dos d'émeraude lumineuse, et se montraient au coin des buissons. Je voyais encore Charlotte et la musique de la valse me suivait encore..... et telle fut ma compagnie jusqu'au moment où je pris place pour Francfort, dans un wagon qui, venant de Berlin, devait me ramener à Paris, après cinq mois d'une route heureuse !

XI

Quand Wolfgang Gœthe revit Charlotte, il put se dire :
« Sont-ce là ces yeux noirs que j'ai connus, ces mains,
ces mains chéries que j'ai serrées et que je couvris du
plus pur des baisers, le soir de mes tristesses et de mes
mélancolies, dans ce petit jardin tout plein de roses, où
elle parla de la destinée des âmes après la mort, et où
nous fîmes le pacte que le premier parti donnerait de ses
nouvelles aux autres?... » Et en effet, quand Gœthe
revit mademoiselle Charlotte Buff, ou du moins madame
Jean Christian Kestner, elle avait soixante ans, il en
avait soixante-dix, et elle était à même de lui pré-
senter douze enfants, dont le quatrième était le père du
même M. Kestner qui vient de publier cette curieuse
correspondance.

Il était alors M. de Gœthe, il était distingué de tous les
grands de la terre, il portait le titre d'Excellence, il avait
mérité d'être tenu par l'Allemagne pour le père de ses

belles-lettres; il avait écrit le *Faust*, et il allait bientôt
mourir, mais de cette mort qui grandit le nom de
l'homme, et qui est pour lui le point de départ d'une
nouvelle vie de splendeur et d'éclat à travers les posté-
rités.

Paris. — Typ. de Mme Ve Dondey-Dupré, rue Saint-Louis, 46.

LA REVUE CONTEMPORAINE